Felice Romanì

Zaira

Tragedia lirica in due atti

Antigonos

Felice Romani

Zaira

Tragedia lirica in due atti

Ristampa immutata dell'edizione originale del 1836.

1ª edizione 2024 | ISBN: 978-3-38609-326-2

Antigonos Verlag è un marchio della Outlook Verlagsgesellschaft mbH.

Verlag (Editore): Outlook Verlag GmbH, Zeilweg 44, 60439 Frankfurt, Deutschland   info@outlook-verlag.de
Vertretungsberechtigt (Rappresentante autorizzato): E. Roepke, Zeilweg 44, 60439 Frankfurt, Deutschland
Druck (Tipografia): Libri Plureos GmbH, Friedensallee 273, 22763 Hamburg, Deutschland

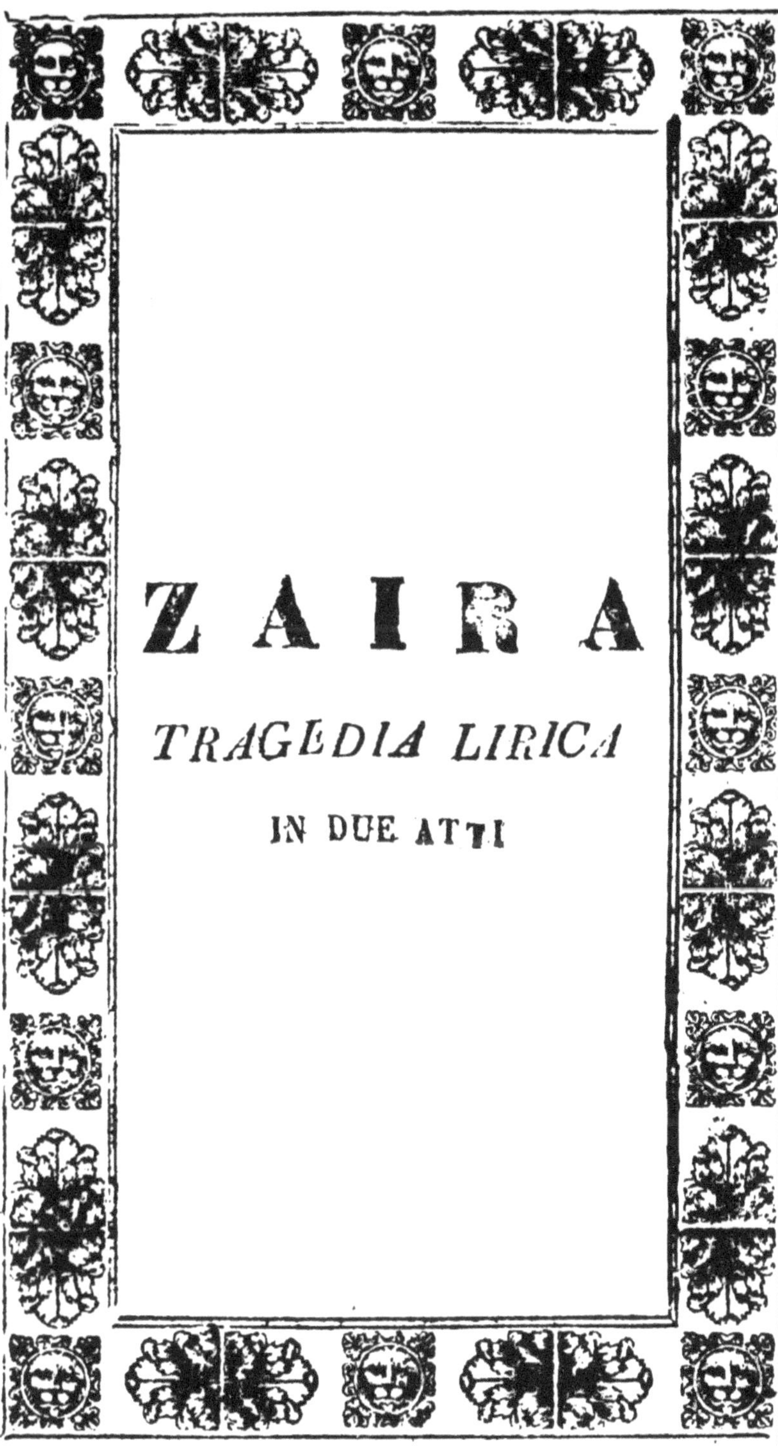
ZAIRA

TRAGEDIA LIRICA

IN DUE ATTI

ZAIRA

TRAGEDIA LIRICA

In Due Atti

DA RAPPRESENTARSI NELL' IMP. E REAL TEATRO

IN VIA DELLA PERGOLA

LA PRIMAVERA DEL 1836.

SOTTO LA PROTEZIONE DI S. A. IMP E R'.

LEOPOLDO II.

GRAN-DUCA DI TOSCANA

EC. EC. EC.

FIRENZE

NELLA STAMPERIA DI F. GIACHETTI

PRESSO IL TEATRO NUOVO

PROEMIO DELL' AUTORE

Una giovane schiava, cresciuta in un Serraglio, che, amante del Sultano e da lui riamata, nel giorno istesso delle sue nozze ritrova il padre e il fratello, eroi cristiani, i quali la richiamano ad una Féde che tai nozze le vieta; un' anima ardente, combattuta fra la religione e l' amore, vicina a cedere alla più possente delle passioni che nacque per così dire con essa, e sgomentata dall' impero di una legge che da un sol giorno conosce; gli spasimi infine e le dubbiezze di un cuore straziato che inorridisce di amare, e di amare non cessa: soggetto egli è questo sommamente tragico, ed atto al pari d'ogni altro a commovere e intenerire gli spettatori d'ogni tempo e d'ogni nazione. — Ma corre presso che un secolo dacchè i teatri ripetono i sospiri di questa giovane infelicissima; e il pubblico non sarà egli noiato della sua compassione medesima? E dove a me riesca di far dimenticare nel mio lavoro il difetto di novità, potrò io sostenermi a confronto del Voltaïre, al quale era dato un libero campo dove spaziare a sua voglia, io che inceppato mi trovo da tutte le parti, principalmente dalla barbara legge di un' estrema brevità? Potrò io mutare tutto ciò che mi cade in acconcio in un genere di componimento tanto diverso dalla Tragedia, senza aver taccia d' ardito per aver raffazzonato a mio comodo un soggetto sì conosciuto e sì celebre? Potrò io adoperare, come vuolsi, tutti gli Attori che mi sono assegnati, ed aggiugnere alcuna cosa del mio, che non nuoccia alla semplicità dell'azione, ed al lume in cui vanno posti i principali Personaggi? Queste e mille altre difficoltà ch' io non dico, mi faceano restio dal trattare così scabro argomento. Ma come avviene in tutte le opinioni, specialmente nelle letterarie, vi fu chi sostenne, che, nelle opere per musica, invece di nuocere, giova moltissimo che il soggetto sia noto; che ognuno conosce abbastanza gl' intoppi che si presentano ad un Poeta melodrammatico, per negarmi lode se alcuno ne avessi saputo sormontare; che omai le *convenienze delle Parti* dovevano cedere al'a ragione della poesia ..... D' altronde il tempo premeva... e la mia renitenza fu vinta.

Ecco pertanto la Zaira, non già ravvolta nell' ampio manto che la Tragedia le diede, ma sì stretta nelle anguste spoglie che le dà il Melodramma. Coloro che ad ogni costo (e ne conosco più d'uno) condannarono il mio lavoro anche prima di leggerlo, ne ingrosseranno ogni emenda, e ne scemeranno il benchè menomo pregio; ma i Lettori cortesi (che molti pur ne conosco) diranno aver io conservati i caratteri, e sparso dov' io potea quella tinta orientale che loro manca nella Tragedia. diranno ch' io feci bene a lasciare da parte un tal quale ostentamento di Filosofia ch' era in voga ai tempi del Voltaïre per attenermi al linguaggio della passione: riconosceranno che il personaggio di Corasmino, il quale mi conveniva ingrandire, non iscapita punto per essere cambiato, di un freddo confidente ch' egli era, in un severo Musulmano; e che devoto, qual' è, alle leggi a alle usanze dell'Harèm; serve, per così dire, di contrapposto al Sultano che le pone tutte in oblio, So bene che lo stile voleva essere più curato, e che quà e là andavano tolte alcun ripetizioni di frasi e di concetti, ma la poesia fu scritta a brani mentre si faceva la musica, di maniera che più permesso non era di riandar sul già fatto e poesia e musica furono compiute in meno di un mese. Se pure che a chi si scusa col tempo, l'Alceste di Molière è pronto a gridare che *le temas ne fait rien à l' affaire;* nulladimeno è da osservarsi che l'Alceste di Molière è un misantropo.

Qualunque il giudizio del Pubblico intorno a questo mio lavoro, andrò sempre superbo che siasi adoperato in così solenne circostanza; e il pensare alla fiducia che nel mio scarso ingegno fu posta, addolcirà qualunque amarezza io abbia potuto e potessi ancora provare.

FELICE ROMANI

Maestro e direttore dell' Opere
S_{ig}. A_{ndrea} N_{encini} *Professore di Contrappunto*
Nell' I. e R. Accademia di belle Arti.

Capo e Direttore d' Orchestra
S_{ig}. N_{iccola} P_{etrini} Z_{amboni}

Primo Violino e Supplimento al direttore d' Orchestra
S_{ig}. A_{lamanno} B_{iagi}

Primo Violino di Concerto
S_{ig}. R_{anieri} M_{angani}

Primo Violino dei Secondi	S_{ig}. L_{uigi} P_{ecori}.
Primo Violino dei Balli	S_{ig}. G_{iuseppe} B_{runetti}
Primo Violoncello	S_{ig}. G_{uglielmo} P_{asquini}
Primo Contrabbasso	S_{ig}. F_{rancesco} P_{aini}
	al Servizio di S. A. I. e R
Primo Violoncello dei Balli e supp. a quello dell' Opera	S_{ig}. G_{io}. B_{atta}. B_{erteau}
Primo Contrab. dei Balli	S_{ig}. ascanio P_{ecciarelli}
Prime Viole	(S_{ig}. T_{ommaso} T_{inti}. (S_{ig}. F_{rancesco} M_{iniati}.
Primo Obue	S_{ig}· E_{gisto} M_{osell}'
	al Servizio di S. A. I. e R.
Primo Clarinetto	S_{ig}. G_{iovanni} B_{imboni}
Primo Flauto e Ottavino	S_{ig}. C_{arlo} A_{lesandre}
Primi Fagotti	(S_{ig}. P_{ietro} L_{uchini} (S_{ig}. C_{arlo} C_{apuy}
Primo Corno	S_{ig} A_{ntonio} T_{osoroni}
	al servizio di S. A. I. e R,
Secondo Corno	S_{ig}. F_{rancesco} B_{erni}
Prima Tromba	S_{ig} P_{ietro} M_{attiozzi}
Primi Tromboni	(S_{ig} D_{emetrio} C_{hiavacci} (S_{ig}. V_{incenzio} T_{urchi}
Timpanista	S_{ig} L_{eopoldo} L_{ironi}

Suggeritore S_{ig}. C_{arlo} P_{runer}

Copista della Musica Sig. F_{rancesco} M_{iniati}

Pittore e Inventore delle Scene S_{ig}. G_{iovanni} G_{ianni}

Figurista S_{ig}. G_{aetano} P_{iattoli}

Macchinista e Illuminatore
S_{ig}. C_{osimo} C_{anovetti}

Attrezzista Sig· Giuseppe Cecconi di Firenze

Il Vestiario é di proprietà del Sig. Alessandro Lanari

inventato e diretto dal Sig. Vincenzo Batistini

PERSONAGGI

MUSULMANI

 OROSMANE Sultano di Gerusalemme
    Marcolini Carlo
CORASMINO Visir
    Poggi Antonio
ZAIRA
    Schoberlechner Sofia
FATIMA   } Schiave del Sult.
    Lega Giuseppina
MELEDOR Ufficiale del Sultano
    Demi Stanislao

FRANCESI

LUSINGANO Principe del sangue degli antichi Re di
Gerusalemme
    Battaglini Luigi
NERESTANO
    Cecconi Teresa   } Cav. Francesi
CASTIGLIONE
    Soverini Tersiccio

CORI E COMPARSE

Uffiziali del Sultano, Guardie, Schiavi e Schiave,
Odalische e Cavalieri Francesi.

La Scena è in Gerusalemme nell'Harèm del Sult.

La Musica è composta dal Signor Maestro
VINCENZO BELLINI

ATTO PRIMO

SCENA PRIMA

Magnifica Galleria che mette all' Harèm del Sultano: di fronte ampia gradinata che conduce a lunghe loggie praticabili, adorne di vasi di fiori e di profumi. Altre gradinate dalle parti comunicano con le logge e con gli appartamenti superiori.

E' festa nell' Harèm, e si celebrano le vicine nozze del Sultano con ZAIRA. Escono da varj lati gli Schiavi e le Schiave: al suono di orientali strumenti le Odalische cantano il seguente

INNO

DONNE   Gemma, splendor di Solima;
       Bella, gentil Zaira,
       Qual cor più schivo e indomito
       Ti vede e' non sospira?
UOM.   Sembiante a vergin Uri,
       Premio dei dì futuri,
       Fede tu fai del giubilo
       A noi promesso in Ciel.
DONNE Ma chi sarà fra gli uomini
       Diletto al Ciel cotanto.
       Ch'ei sol riport', o Vergine,
       Di possederti il vanto?
UOM.   Egli è il Sultan possente,
       E' l'astro d'oriente,
       Delle battaglie il folgore,
       Terror dell'infedel.
TUTTI A che pudica e timida

Stai nel tuo velo ascosa?
Non può sottrarsi al zeffiro
La vereconda rosa
Invan celar si sforza
Nella sua dura scorza
Conca del golfo persico
Le perle al pescator.
L'Erce ti vede, e fervido
Di te desio l'accende;
Già nell'Harèm recondito
Letto d'onor t'attende.
O de' Credenti speme,
Ambo splendete insieme,
Sia desso il Sol di gloria
L'astro sii tu d'amor.
(ascendono le gradinate ed entrano nell'Harem)

S C E N A II.

CORASMINO

con *Seguito*

Coro	Odi tu? Già suona intorno
	Lieto canto nunziale.
Cor.	L'odo, ah! l'odo. – Oh! in qual ritorno
	Dì d'obbrobrio, di fatale!
Coro	Una figlia de'Cristiani
	Sovra il trono de' Sultani?
Cor.	Mentre accinto a nove offese
	Varca i mari il Re francese,
	Qui d' amor deliro e insano
	Orosmane languirà?
Coro	Qui la legge del Corano
	Una schiava offenderà
Cor.	Per chi mai, per chi pugnasti,
	O mio duce, o Noradino!
	Dell' impero che fondasti
	Fia pur questo il rio destino!
	Tralignato e cieco figlio
	Al tuo trono insulterà?
	Deh! tu ispira a lui consiglio,

Non soffrir la sua viltà!

CORO   A' tuoi detti, o generoso,
      Di furor, di duol siam pieni.
      A che resti neghittoso?
      A vendetta in campo vieni,

Cor.   A vendetta? nò giammai.
      Al Sultan mia fè giurai.
      Altra via miglior di questa
      Un Eroe ci renderà.

CORO   E la speri? e ancor ci resta?
COR.   Il mio zel la troverà.
      Si, d'un furor colpevole
      Non ascoltiam l'impero
      L'indegno nodo a frangere
      Lasciate all'amistà.
      Non fia che tardi a sorgere
      Lo spirto suo guerriero;
      E d'occidente ai popoli
      Spavento ancor sarà.

CORO   Speranza in te magnanimo,
      Ripone un regno intero;
      Non renda il fato inutile
      La nobil tua pietà!
      (si dividono, e partono da vari lati.
      Corasmino s' inoltra verso l'Harem).

SCENA III.

ZAIRA e FATIMA

ZAIR. Della mia gioia a parte,
      Fatima, non sei tu? Muta e pensosa
      Vedrò te sola in questo dì ridente?
      Favella.

FAT.   Io volgo in mente
      I dì che più non sono, i dì che meco
      Abborrivi il Serraglio, e col desire
      Volavi in Francia del Guerrier sull'orme
      Che di spezzar giurò le tue catene.

ZAI. Molto il Guerrier giurò, nulla mantiene
      Un anno intiero è corso

Da ch' ei fu sciolto, e più di lui novella
Non s'intese in Soria. Lieto alla corte
Del Re francese, del Giordan le rive
E i franchi prigionier pose in oblio.

Fat. Zaira!.... E s'ei tornasse? ...

Zair.   Ah! nol desio.
A che guidarmi in Francia? orfana io sono,
Miei padri ignoro, e della patria antica
Io non possiedo che quest' aureo segno
Della Fede di Europa.

Fat.   E a questa Fede
Nata sei tu quel sacro segno impresso
Sulla tua fronte ancor.... e tu ti appresti
Cieca fanciulla, a rinegarlo in braccio
Di un Tartaro crudel, di un oppressore
Della tua Legge?

Zai.   La mia Legge... è amore.
Amo ed amata io sono
    E' amor qual vampa ardente
    Più di ragion possente
    Ei m'empie il cor di sè.
Egli m'è speme e vita;
    Egli m'è scorta e lume;
    E mio soltanto il Nume
    Che nol contende a me.

Fat.   Taci; vaneggi, o stolta.
    Ch'io più non t'oda.

Zair.   Ascolta.....

Fat,   Lasciami.

Zair.   Ah! no..., perdono....
Non mi scacciar da te.
Amo ed amata io sono
    D'amor qual vampa ardente;
    Più di ragion possente
    Ei m'empie il cor di sè.

S C E N A IV.

Sicompariscano gli Schiavi,
le Odalische; gli

Eunuchi

Coro   Suoni di gioja il cantico:
        Viva Orosmane! ei scende.
Zair.   Odi?.... Il Sultan.... Qual palpito,
        Qual tremor mi prende!
Fati   Vieni all'Harèm riparati.
        Fuggì . . . .
Zair.   Fuggir? Perchè?
        Non è non è tormento
        Il palpito ch'io sento·
        E forza del diletto
        Che già m'innonda il cor.
        Del core egli è il trasporto
        Che anela al caro oggetto,
        Che a lui sen vola assorto
        In estasi d'amor,
Fat.   Ahi lassa! in te non sei.
        Ti arrendi ai preghi miei,
        Meco ritratti·
Zair.   Ah! lasciami,
Fat.   Vedi! .... tu tremi ancor.
Zair.   Del core egli è il trasporto
        Che anela al caro oggetto.
        Che a lui sen vola assorto
        In estasi d'amor.
Coro   Luce del nostro cielo,
        Da te rimovi il velo;
        Del tuo ridente aspetto
        Allegra il tuo Signor.

S C E N A   V.

Orosmane *e detti*

Oro. Zaira, i bei concenti,
     Gl'inni, le danze e gli odorati serti,
     Onde il tacito Harèm si allegra e abbella
     Dell'amor mio per te sono favella.
Zair.(Oh cari accenti)
Fati   (Ahi! come
   Sottrarla al seduttor!

Oros. Dopo la gloria io t'amo
 Sovra ogni cosa in terra, e amar mi dei
 Sovra ogni cosa tu, Se pari al mio
 Fuoco non t' arde, non pensar ch'io voglia
 Tiranneggiar crudel gli affetti tuoi.
 Libera ancor tu sei.... parlar tu puoi.
Zair. Signor?;.. Che dir poss'io
 Che tu non sappia?.... dell'umil tua schiava
 Appien leggesti ogni più chiuso affetto;
 E.........

SCENA VI.
Meledor e detti

Mel. Offrirsi al tuo cospetto
 Chiede lo schiavo, che partir per Francia
 Lasciò la tua pietà sulla sua fede.
Oros. Guidalo.   *(Meledor parte)*
Zair. (Oh Ciel! in quale istante ei riede!)

SCENA VII.
Nerestano con Seguito e detti

Ner. Generoso Sultano, i giuri miei
 A sciogliter vengo e i tuoi: reco il promesso
 Di Zaira riscatto, e insiem di dieci
 Cristiani Cavalier servi in Soria,
 Io, povero qual pria
 E oscuro Cavalier, nulla potendo
 Offrir per me, quando per altri io dono,
 Riedo alle mie catene, e lieto io sono.
Oros. Men generoso o Franco,
 Io non saró di te: cento a tua scelta
 Rivedran Cavalieri il patrio suolo.
 Un sol n'escludo.
Ner.   Un solo!
 E il nomi?
Oros.   Lusignian. Egli discende
 D' odiata stirpe; ai Musulmani è in ira.
 Schiavo in Sion morrà.
Ner.   Lasso! ... e Zaira

Ores. Prezzo non v'ha che basti
    A riscattar costei.
Ner.   (Che ascolto!) E un dì giurasti
    Sciolta mandar pur lei.
Oros.   Passò quel giorno, o Franco
    Or d'Orosmane al fianco
    Lieta sen vive, e tale
    Che a lei ventura eguale
    Nè tu, nè re d'Europa
    Potrebbe in terra offrir.
Ner. Lieta!
Zair.   (A soffrir capace
    Gli sguardi suoi non sono.)
Ner. Fia ver, Zaira?....
Oros.   Audace!
    Trascorri oma i.
Ner.   Perdono. -
    Nata alla Fede istessa,
    Suora d'amor mi è dessa...
    Senza dolor non posso
    Lei musulmana udir
Oro. Schiavi, non più sospenda
    Altro pensier la festa.
Coro   Il temerario apprenda
    Che tua diletta è questa,
    Che imperi a lei tu solo,
    Che legge è il tuo desir.
Ner. Misera!
Zair.   (Ch pena!)
Fat.   (Oh duolo!)
Oros.   Zaira! e qual sospir?
    Ritorni al tuo sembiante
    Il bel seren primiero,
    Io sfido il mondo intiero
    Ad involarti a me,
    A più felice istante
    Il tuo bel cor prepara
    E patria e tempio ed ara

E l'amor mio per te.

Ner.   (Gran Dio! quell'alma errante
Fat.   Rischiara d'un tuo raggio)
Zair.   (Oh! come in un istante
       Mancato è il mio coraggio!
       A lui d'innanzi io gelo,
       Mi regge appena il piè).
Ner.   (Un tuo nemico, o Cielo,
Fer.   Non la rapisca a te).
Coro   Dell'astro, ognor ridente
       Rifulgi in Oriente,
       Nè mai vapor terreno
       S'innalzi infino a te.

*(Orosmane prende per la mano Zaira e seco la
conduce tutti lo seguono. Nerestano si allontana con Meledor)*

SCENA VIII.

Atrio sotterraneo che mette alle carceri ove sono
rinchiusi gli Schiavi francesi.

CASTIGLIONE e NERESTANO

Cast.   Vieni: l'albergo è questo
       Del lutto e del dolor; quì gl'infelici
       Di Solima campioni han da tre lustri
       Carcere orrendo. - Oh! con qual gioia, amico,
       Benediran redenti il tuo gran zelo.
Ner.   Al Ciel sia lode, al Cielo
       Che a me concede Cavaliere oscuro
       Grazia ottener presso il Sultan severo
       Tanti prodi far salvi e te primiero
       Così pietoso avesse ogni mia speme
       Udita il Cielo! Ma dolcezza umana
       Sempre di amaro è sparsa.
Cast.   E qual potresti
       Voto formar che accetto ai Ciel non sia?
       Qual t'affligge pensier?
Ner,   Noto ti fia.
       Di sì bel dì turbata
       Non sia la gioia.

Cast. Calpestìo d'armati
Vicin risuona.. De' guerrier disciolti
Vien condotto il drappello a te d'innante,
Godi dell'opra tua.
Ner· Beato istante?

S C E N A IX.

Coro di Prigioni francesi

Coro Chi ci toglie ai ceppi nostri
Chi ci rende all'alma luce
Tu? - sì tu che in volto mostri
La pietà che ti conduce.
Oh contento! ecco, ecco impressa
Sul tuo sen l'insegna istessa,
Che in più lieta età felice
Ne guidava a trionfar.
Ner, Sì, compagni, ancor vi lice
Di brandir per lei l'acciar,
Coro Ma un Eroe con te non guidi?
Non ti segue Lusignano?
Ner. A lui solo i patri lidi
Nega barbaro il Sultano.
Coro Cielo! e noi quand'ei non viene,
Scioglierem da queste arene?
e Quando ei serba i lacci suoi
Voleremo a libertâ?
Cast.. Ah! giammai: ciascun di noi
Dove ei muor, morir saprà
Ner. Generosi! il vostro amore
Lui non salva, e a voi dà morte,
Coro La sfidiam con fermo core
e Dell'Eroe seguiam la sorte. -
Cast. Giuramento ognun ne fea
Sul Giordano, in Cesarea,
Presso il santo Monumento
Dove estinto un Dio posò.
Scritto in sangue è il giuramento
Niun di noi tradir lo può. *(per partire)*

SCENA X.
*ZAIRA e detti indi LUSIGNANO
sostenuto da due Schiavi*

Zair. Fermatevi.

Ner.   Zaira!

A che vieni, infedel?

Zair.   A' preghi miei
Lusignan vi è concesso.
Ei mi segue: mirate.

Tutti   Oh gioia! è desso.

Lus. Dove son io?.... Reggete
L'inferno fianco.... a lunga notte avvezzi
Mal resiston quest'occhi ai rai del giorno

Ner. Fa cor. A te d'intorno
Vedi i compagni di tua gloria antica...

Zair. Pianger di gioia che degnati il Cielo
Gli abbia al contento di vederti illeso

Lus. E fia ver ch'io vi trovi?.... e a voi sia reso
O preziosi avanzi
Degli eroi di Soria martiri illustri
Della verace Fede, a chi di tanto
Debitori siam noi

Cas. Gli hai presenti, o Signor.

Coro   Mirali.

Lus.   Voi!
Bontà celeste! e quel che invan tentaro
Cento eserciti e cento hai tu concesso
A sì giovani destre!- Ah! vi appressate,...
Ch'io vi contempli... Oh dolci aspetti! oh
Soavi rimembranze in me destate! (quante

Ner. }
           (Mi balza il cor).
Zair. }

Lus.   Chi siete voi?.... parlate.

Ner. Nerestano io mi appello. In Cesarea
Fatto schiavo fanciullo e per favore
Del re Luigi a servitù fuggito.
In corte accolto io fui; ma de'parenti
Il nome ignoro,.... e nol saprò giammai.

Lus. Misero! - E tu?   (*a Zaira*

Zair.   Provai

L'istessa sorte anch'io nel dì fatale

Che Cesarea da Noradin fu vinta.

Lus. Ah! fù quel dì la mia famiglia estinta..

Due figli sol.... due figli

Avanzaro alla strage.... e schiavi anch'essi

Rimaser forse.., Ambi sul fior degli anni

Sariam così... così gentili e umani

Agli atti, alla favella ed all'aspetto.

Zair. (Cielo!)

Lus.   Ma qual dal petto

Monil ti pende? Onde l'avesti?

Zair.   Io l'ebbi...

Fin dalle fasce.

Lus.   A me lo porgi,.. Oh vista?

E desso..,. è desso.,..

Zair   Ah! che di, tu?.... Qual pianto

Negli occhi tuoi vegg'io?

Lus. Non tradir la mia speme, eterno Iddio!

L'età conforme, il loco,

Il sembiante... Ah! tu pur.... dimmi... nel seno

D'una ferita hai tu la cicatrice?

Ner. E vero,

Lus.   Oh me felice!

Oh ineffabil dolcezza!.... io li ritrovo,

Io riveggo i miei figli...

Zair.   { (Oh Dio! che sento!)
Ner.

Lus. Abbracciatemi •,.. { o figli!
                          { o padre!

Tutti   Oh lieto evento!

Lus.   Cari oggetti in seno a voi

        Io rinasco a nuova vita.

Ner. }   Nei paterni amplessi tuoi

Zair. }   L'alma mia si sta rapita.

Lus.   Voi riveggo in pria ch'io muoia!

Ner. Zai. Tu concesso al nostro amor!

Tutti Ah! cancella un dì di gioia
   Mille giorni di dolor   (*silenzio*)
Lus. Ma che miro?.... e qual mi coglie
   Rio timor, crudel sospetto?
Zair. (Ah!)
Ner.   Favella.
Lus.   In franche spoglie
   Te ben veggio o mio diletto....
   Ma costei... perchè di questa
   Vien coperta odiata vesta?....
   Perchè? (*a Zaira*) Parla—impallidisci!
   Piangi?... Intendo... Oh mio rossor!
Za'r. Ah! nol celo...· Me punisc,...
   Musulmana io fui sinor.

(*Lusignan si allontana con orrore, e si getta*
     nelle braccia di Nerestano)

Lus. Mi sostieni.... A tal favella
   Senza te sarei spirato.
Ner. L'odi! ah l'odi! – o mia sorella!
   Il suo core hai tu spezzato.
Lus. Ciel! potei soffrir tant'anni
   Pene orrende, atroci affanni;
   Ma tal macchia al sangue mio
   io non posso, o Ciel, soffrir.
Zair. Padre!..... ahime.... che dir degg'io?
   Io mio sento il cor morià.

A 3.

Lus. Qui, crudele, in questa terra
   Del tuo Dio fu sparso il Sangue:
   Qui spirar miei figli in guerra....
   Qui tua madre io vidi esangue.,..
   E tu puoi parenti e Dio
   Rinegar, tradir così?....
   Morto io fossi, ah! morto anch'io,
   S'io dovea mirar tal dì!
Ner. Deh! ti calma.... in tempo ancora
   La ritrovi per salvarla....
   Già di figlia già di suora

         La pietade in sen le parla.
         Nel suo pianto appien vegg'io
         Che il rimorso in cor senti...
      Non lasciar clemente Iddio,
         L'alma sua perir così...
Zair.   Ahi perdona.... Io qui vivea
         A me stessa ignota e oscura
         Ne un parente mi reggea ...
         Mi eran patria queste mura-...
         L'intelletto ed il cor mio
         Nel serraglio si smarri..
         Ah! morir, morir desio,
         S'io son rea, s' errai così.,,.
Coro   A che stai? perdono implora,   (a Zaira)
         Di lui degna omai ti mostra,
Zair.   Che far deggio?
Lus.   Il chiedi ancora?
         Confessar la Fede nostra.
Zair.   Padre imponi.
Lus.   Un solo accento.
         Sei cristiana?.
Zair.   Il giuro a te.
Lus. }
Ner. }   Ciel! ricevi il giuramento!.
Coro }

               S C E N A XI.
            Meledor e Soldati.
Mel.   Il Sultan ti chiama a sè·   (a Zaira)
Tutti Il Sultan!
Zair.   Che fia?
Mel.   Tu dei
         Separarti da costoro.
         Voi seguite i passi miei; (ai prigionieri)
         Custodirvi io deggio ancor.
Tutti Custodir. perchè?
Mel.   L'ignoro..
Tutti Ahi! qual colpo! ahi nuovo orror!
Lus.   Obbediam Coraggio, amici;

Di costanza il petto armate: *ai prigionier.*
Voi vivete a i di felici (*a Zaira e Ner.*)
E il segreto ognor serbate.
Ner. Zai. Lo giuriamo.
Lus.   Or basta addio.
Ner. Zai. Oh dolore
Coro   Addio crudel!
Tutti Non si pianga, si nasconda
          Il dolor che il sen c'innonda
          Questo addio non fia l'estremo
          Ci vedremo—almeno in Ciel.

                    (*partono tutti.*)

SCENA XII.
Interno del Harèm.
OROSMANE CORASMINO e Guardie.
Oròs. Liberi tornin tutti era il sospetto
          Figlio del tuo timor. L'oste de' Franchi
          La Sorìa non minaccia; essa è rivolta
          Contro il Soldan d'Egitto, e mio nemìco
          Più che Luigi quel Soldan detesto.
Cor. Nel tuo voler funesto
          Troppo fermo sei tu, perch'io pur voglia
          Porti d'innanzi il ver. Piaccia al Profeta
          Che non ti sia fatal la libertade
          Che a Lusingnan tu dai!
Oro. Presso alla tomba è l'egro veglio omai:
          Dimentica di lui,
          Già da molt'anni e delle sue sventure
          Non curante è l'Europa.
Cor.   A rovesciarla
          Bastò sull'Asia di romito oscuro
          La nuda voce che farà l'aspetto
          Di un Re soffrente e oppresso?
Oro. Specchio all'Europa, e insiem terror fia desso
          Ma sia qual vuolsi il diedi
          Ai preghi di Zaira, ed io non uso
          Di ripigliar miei doni... Ella pur brama
          A Nerestan dar l'ultimo congedo.

Cor. Che sento! E tu, Signor?
Oros.   Io lo concedo.
Cor. E a tanto giungi? -
Oros.   Io dell' Harem le leggi
     Tutte infrango; io so ma d' un rifiuto
     Affligger lei non posso, e me crudele
     A quel tenero cor tu 'invan vorresti.
                SCENA XIII
            MELEDOR e DETTI
Mel. Signor, come imponesti,
     Mi segue Norestan.
Oros.   Venga Zaira.
                (alle guardie che partono)
     E tu mi segui* alcun non fia che ardisca
                          * (a Corasmino)
     Modesto spettator offrirsi a loro.
     Questa è mia legge
Cor.   (Il mio furor divora!
                    (parte con Orosmane)
                SCENA XIV.
        MELEDOR NERESTINO, indi ZAIRA
Mel. Qui rimaner tu puoi
     Tarda non fia Zaira   (parte)
Ner.   Oh! in quale stato.
     In qual luogo degg' io si caro pegno
     Abbandonar per sempre! O mia Zaira!
     Sarai tu al padre ed al tuo Dio ribella?—
     Alcun si appressa
Zai. Nerestan!
Ner.   Sorella!
     Ti abbraccio ancor ci unisce
     Un altra volta il Ciel ma il padre ahi lasso.
     Fia tolto al nostro amore
     Forse per sempre.
Zai.   Ah! che mai dici!
Ner.   Ei muore.
     A tanti affetti e tanti
     Quel core non bastò, misero incerto

24

Della tua Fede, amaramente ei geme;
Grave gli è morte.
Zair.   E me spergiura ei teme?
No, nol son io. non souo....
E mia la Legge sua... Che più m'impone
Cotesta Legge?
Ner   Detestar l' impero
De' tuoi tiranni.
Zair.   Ed Orosmane?
Ner.   Odiarlo,
Abborrirlo dei tu.,.
Zair.   Pietoso, umano
Generoso è il Sultano!....
Mi benefica... mi ama
Ner.   E tu?...
Zair.   Mia destra
Sol la mia destra ei chiede:
Ner. E tu? prosegui.,..
Zair,   Egli ha mia fè.
Ner.   Tua fede!
Oh! qual vibrasti orribile
    Colpo al mio cor, Zaira!
    Ahi! con qual fronte riedere
    Al genitor che spira?
    Che dirgli allor che il misero
    Mi chiederà di te?...
Empia! al mio sguardo involati
    Più non offrirti a me.
Zair. Deh! non fuggirmi svenami,
    Se pur son rea cotanto....
    Sola, inesperta e debole
    Cessi a possente incanto;
    Un Nume in mezzo agli uomini
    A me il Sultan sembrò.
Ah! quest' incanto struggere
    La mia ragion non può.
Ner. Virtù lo puote ascoltala
    Ella ti parla al core.

Zair. Pietà di me! compiangimi
     Amo e ne sento orrore.
Ner. Si lo scompiglio orrendo
     Dell' alma tua comprendo
     Al Ciel resisti ancora!
     Ma il Ciel vittoria avrà.
Zair. Oh mio fratello! (*gettandosi nelle sue*
Ner.   Oh suora!   *braccia*
Zair.   Speme per me non v' ha!
        a 2.
Ner. Segui deh! segui a piangere
     Nelle fraterne braccia
     Basta il tuo pianto a tergere
     D' ogni fallir la traccia
     Odi del core il grido
     Che ti richiama al Ciel:..
     Torna, colomba, al nido,
     Torna al tuo Dio fedel.
Zair. Stringimi ancora stringimi
     Nelle fraterne braccia
     L' ombre che mi circondano
     Lunge da me discaccia
     Sciogli la benda oscura
     Che mi contende il Ciel
     *Torna innocente e pura,
     Torna al mio Dio fedel.
     (*odesi lieta Musica Zaira si scuote*)
Zair. Ah! qual suon?
Ner.   Alcun si appressa.
Zair.   Il Sultan!
Ner.   Sorella? ardire.

SCENA XV.

OROSMANE CORASMINO
Uffiziali e Schiavi
Tutto il corteggio del Sultano

Oros. Corsa è l' ora a lei concessa
     Cavalier, tu puoi partire
     Tu mi segui, andiam Zaira

Già l' altar ne infiora amor.

Zair. (Lassa me!)

Cor.   (Che fa sospira!....)

Oros.   Non rispondi

Zair.   Ah! mio Signor!.!.

Oros. Che mai veggo?.. In tal momento
          Tu sì mesta e sbigottita!
          Perchè? parla...

Ner.   Un tristo evento
          Di dolore l' ha colpita....
          Lusignan, Signor, seu muore
          Chi di noi potria gioir?

Zair Deh ti piaccia a dì migliore
          Queste nozze differir.

Oros. Differirle!

Cor.   E qual pensiero
          D'uom morente aver tu puoi

Ner   E Francese

Cor.   E a lei straniero

Ner.   Niun cristiano è tal per noi

Oros.   Tutti, o franco, tutti il sono
          Per colei ch' io pongo in trono.—
          Vieni omai...

Zair   Signor!...

Oros.   Ricusi?
          L' amor mio tropp' oltre abusi.

Zair   Soffri deh!... ou' io mi ritiri....
          Ch' io ti asconda i miei sospiri..,

Oros.   Resta.., il vò... Tu forse, o franco
          Sei tu forse un seduttor!
          Guardie, olà....

Zair.   T' arresta... io manco.

Ner.   Ah Zaira!....

Oros.   Oh mio furor!
          Ite, o schiavi, e differito
          S.a per ora il sacro rito.
          E tu, trema.., Sul Giordano
          Non ti trovi il nuovo alber·

Tutti

Oros. Io saprò da qual deriva
          Strana fonte il tuo dolore.
          Sciagurato chi mi priva
          Del mio bene del tuo core!....
          Fremerai d' aver negletta
          Del Sultano la bontà...
     Il furor di mia vendetta
          L' Universo scuoterà,
Zair   Non cercar da qual deriva
          Fatal fonte il mio dolore.
          Niun mortal di te mi priva,
          Del destino è il rio tenore,
          Ma da me da me negletta
          Non pensar la tua bontà.
     Più crudele di tua vendetta
          Tal sospetto a me si fa.
Ner. (Dio de' padri, in lei ravviva
          Di tua Fede il puro ardore
          L' empia fiamma che nutriva
          Sia sepolta nel suo core:
          Questa almeno in morte aspetta
          Un Eroe da te pietà
     Ah! l' amor, non la vendetta,
          Del Sultan, tremar mi fa).
Cor, (Ben vegg' io da qual deriva
          Rea cagione il suo dolore.
          Per lo Schiavo amor nutriva.
          Ingannava il suo Signore....
          Di sua gente, di sua setta
          Tutta è in lei l' infedeltà..-
     Ma l' oltraggio avrà vendetta
          L' arte mia l' affretterà).
Coro   (Tal ripulsa al suo signore!
          Tal mercede a tanto amore!
          Vile ancora ancor negletta
          Nel Serraglio languirà).
             Fine dell' Atto Primo

ATTO SECONDO

SCENA PRIMA.

Stanze di Zaira
Fatima e Zaira

Fat. Fa cor, Zaira: il sacrificio é amaro,
Ma necessario; e la pietà superna
Ti reggerà perchè compiuto ei sia.
Zair Sì la fralezza mia
D' ajuto ha d' uopo che non sia terreno...
A tanta guerra ogni valor vien meno.
Odo rumor... Cielo il Sultan si appressa,

SCENA II.

Orosmane Zaira e Fatima
che ad un cenno Orosmane si ritira

Oros. Che a te mi guidi amore,
Zaira, non pensar. Passò quel giorno
Che te dell' amor mio degna credei -
Ne paventar tu dei
Che ai rimproveri io scenda e ch' io t' astringa
Con mendaci discolpe a lusingarmi
Troppo altero son io per lamentarmi.
Zair. Oh rie parole! oh sensi
Che mi spezzano il cor!)
Oros;   Ma generoso,
Del par che altero, io son, nè finger teco
Vogl' io perciò Quanto t' amai ti sprezzo
E i dì perduti in amar te detesto,
Zair. Da lui sprezzata!... ah questo
Avanza ogni martir)
Oros.   Al basso stato,
Dond' io ti tolsi, or riedi, e schiava abbietta
Nel fondo dell' Harèm langui negletta.
Io troverò nell' asia

Donna a cui dare un trono.
Che più di te lo meriti,
Che più ne apprezzi il dono,
Che al par di te non cangi
Gli affetti suoi così...

Zair. (Misera me)
Oros.   Tu piangi/
         Piangi. Zaira.....
Zair.   Ah? si
    Piango ma deh! non credere,
       Lassa! ch'io pianga un trono
       Piango quel cor magnanimo
       Che mel recava in dono;
       Piango infelice, e bramo
       Del primo amore i dì.,

Oros. E mi ami tu?
Zair.   S' io l' amo
       S' io l' amo. o Cielo !
Oros.   Ah! sì.
       Ma se tu m' ami o barbara,
       Dimmi chi a me t' invola?....
       Basta un accento a rendere
       La calma a questo cor-
       Spargi il furor d' obblio.,
       Era delirio il mio...
       Sola di me sei l' arbitra,
       Sola ti adoro ancor.

Zair. Ah! per pietà non chiedere
       Quale tumulto ho in seno;
       Io non lo posso esprimere
       Se non col mio dolor.
       Cessa e i trasporti affrena,
       Pena mi accresci a pena.....
       Moro se m' odi. ahi misera!
       Moro se nutri amor.

Oros.   E al mio pregar resistere
       Ancor tu puoi, Zaira?
       Forse un amico, un perfido

Contro di me cospira?
Zair.   Ah! tu temer non dei....
Per salvar te morrei
Ogni sventura è mia,..
Non domandar di più.
Oros. Sventura Oh ciel! qual fà?
Omai parlar dei tu.
a 2
Zair. Deh! questo dì concedimi,
Sol questo breve giorno,
Accorda alle mie lagrime
Quest' ultimo favor.
Tutti del cor gli arcani
Chiari ti fian domani....
Vedrai vedrai s' io merito
Da te disprezzo o amor
Oros.   Ah! per un cor che palpita
E lungo spazio un giorno,
Non sai che triste imagini
Figura il mio timor!
Pensa che; s' io m' arrrendo,
Fede da te pretendo
Pensa che in odio orribile
Si cambia offeso amor.   (partono)
SCENA III.
Luogo remoto presso il Quartiere
assegnato ai Cavalleri francesi.
Escono afflittissimi i Cavalieri liberati piango-
no essi la morte di LUSIGNANO
CORO
1. Più non è
2.   Per sempre ei giace...
3. Fredda spoglia,.
4. Ignuda salma.
Tutti Ei mancò sembiante a face
Che sé stessa consumò.
Pace alfine, eterna pace
Abbia in Ciel la sua bell' alma.

Coronata della palma
Che col sangue meritò!
  SCENA IV.
Castiglione, Nerestano e detti
Cast. Giusto è il tuo pianto, amico;
 Nol raffrenar. Tutti piangiam perdemmo
 Un padre tutti ei tal per noi fu sempre
 Agli avversi nel par che ai dì felici.
Ner. O Cavalieri! o amici!
 Io lo conobbi appena.... appena accolto
 Nelle sue braccia ei m'ebbe e a me fu tolto.
 Oh qual mortal fu mai con tanti affanni
 Provato in terra!.. In morte ancora, in morte
 Era il suo cor trafitto, e gli occhi erranti,
 Pria di serrarsi al giorno,
 Invan la figlia ricercar d'intorno.
  O Zaira! in quel momento
   Chi da lui ti allontanò?
  Fu per te l'estremo accento
   Che morendo pronunziò.
  Per te l'alma sbigottita
   Non sapea lasciar la vita,
   E sull'ali di un lamento
   Per te mesta al Ciel volò..,.
  O Zaira! in quel momento
   Chi da lui ti allontanò?
   SCENA V.
Meledor guardie e detti
Mel. Franchi, il drappel che scorta
 Oltre il Giordan vi fia pronto vi attende
 Di Solima alle porte anzi che volga
  All'occidente il Sole
  Il possente Sultan lunge vi vuole,
Ner. (Cielo e Zaira?..)
Cast.   Ah! pria
 Ne conceda Orosmane in sacra terra
 Dar tomba a Lusignan.... l'ultimo voto
 Era del veglio.,..

Mel.   Ed al Sultan fia noto.,,.
                    (per uscire)
Ner. Dimmi, o Guerrier.. non puote
    Più lungo spazio al lagrimevol rito
    Ottenerci Zaira?,.., Un di sua gente
    Era l' estinto ed a lei caro, il sai.
Mel. Da voi turbato assai
    Fu di Zaira il cor, A lei l' accesso
    Or chiedereste iuvano,
    Sposa al novello dì fia del Sultano.   (parte.)
SCENA VI.
Nerestano Castiglione e Cavalieri.
Ner.   Odi? - Ei s'invola - Oh perfida !
        Sposa al Sultan? - spergiura ?
Cast. Coro No, nol sarà·... nol credere.
Ner.   Certa è la mia sciagura. -
        Ed io dovrei partire ?
        Lasciarla oh Dio, perire!
        Soffrir tal macchia e vivere
        Per sempre infame! Ah no!

Cas.   } Ciel ? che mai dici ?.....
Coro
Ner.   In Solima
        Innanzi a lei morrò,
    Sì, mi vedrà la barbara
        Giacer del padre accanto
        Dell' ombre nostre i gemiti
        Uscir da un marmo udrà
    Perdono alle sue vittime
        Domanderà col pianto
        Ed un amor colpevole
        Quel pianto estinguerà.
Cast.   No, non sarai sì misero,
Coro {   Non soffrirai cotanto:
        {   O teco estinto in Solima
          Ciascun di noi cadrà (partono)
SCENA VII
Sala terrena nell' Harèm di fronte grandi arch|

con invetrate da cui si scorgono le falde del monte
Orosmane e Meledor e Guardie

Oros Altro ei non chiede?
Mel.   È questo
    L' unico prego che il guerrier ti porge
    Del morto veglio a nome,
Oros   Ebben sia pago
    Obblio d' ogni ira è morte. Abbia l' estinto
    Sul sacro monte la bramata tomba
    Per man de suoi; nè alcun sia tanto ardito
    Fra i Musulmani di turbarne il rito.
                         (*Meledor parte*)
S C E N A VIII.
Orosmane indi Corasmino
Oros E tu saprai Zaira,
    Ch' io prevenni i tuoi voti: e a mia pietade
    Grata sarai Tu nuovi affetti insegni,
    Nuovi costumi a questo cor superbo.
    Vinto quell' odio acerbo,
    Che pei Franchi io nutria quasi fratelli
    Mi fiano un giorno poichè a te son tali
              (*Corasmino si avanza*)
Cor. Fratelli i franchi Essi ti son fatali.
Oros. Che dici tu? qual deggio
    Temer periglio?
Cor.   Il tradimento
Oros.   Ed osi
    De' tuoi vani timori ancor turbarmi ?
    Chi tradirmi potria ?
Cor.   Chi più colmasti
    De' beneficj tuoi, quei ti tradisce;
    Chi più credi fedel inganni ordisce.
Oros. Oh! qual mi desti in seno,
    Qual sospetto crudel !
Cor.   Calmati, e m' odi.
    Da' veglianti custodi
    Presso l' Harèm sorpreso, un vile schiavo ,
    All' infedel Zaira era di un foglio

  Furvito apportator.
Oros.   Un foglio! A lei!
  Ov' è? - Chi lo vergò? - Cadde in tua mano?
Cor. Eccolo.
Oros.   Nerestan !....
Cor.   Sì, Nerestano.
Oros. Cara Zaira, - Avvi segreta uscita
  Vicino alla Moschea , per cui non vista
  Puoi tu recarti nel giardin deserto.
  Dalla notte coperto
  Quivi io t' aspetto: se venir ricusi ,
  Al nuovo raggio mi vedrai tu spento.
  Oh perfida!
Cor.   (Io trionfo).
Oros.   Oh tradimento!
  E pur ora, al mio cospetto ... *(a sè stesso)*;
  Sospirava .... amar parea!
Cor. A sgombrar il tuo sospetto
   L' infedel così fingea .
Oros. Io deluso .... io rispettava
   Il segreto del suo cor!
Cor. Nascondea l' audace schiava
   Il suo vile, abbietto amor.
Oros. Corri, vola; e in questo scritto
     (con tutto lo sdegno)
  Vegga l' empia il suo diletto...
  La ricolmi di spavento
  Il saper che è noto a me.
  Poi con cento colpi e cento
  Sia trafitta innanzi a te.
Cor. Sì. lo devi, sì, lo chiede
   L' onor tuo, la nostra Fede.
  Del suo nero tradimento
  Pronta morte sia mercè.
  Sommo, estremo è il mio contento
  Chè l' eroe ritrovo in te.
   (Corasmino si affretta per uscire:
   Orosmane lo trattiene fremendo.)

Oros. Odi .... arresta .... E se innocente
  Poi foss' ella! ....
Cor.   Ahi debol core!
Oros. Corasmin! non ho più mente ....
  Vo' vederla
Cor.   Tu, Signore!
Oros. Vo' vederla . - Olà! Zaira
  A me scenda .   (*le Guardie partono*
Cor.   Ah! che fai tu ?
Oros. Sorge amore in mezzo all' ira.
  Manca, oimè! la mia virtù.
Cor. Sconsigliato! ebben l' ascolta:
  Cadi al laccio un' altra volta;
  Di quel labbro menzoguero,
  Ai sospir dà fede ancor ....
Oros. Vile io sono .... è vero, è vero.
  Mi consiglia · .. oppresso ho **il cor**
Cor. A lei rechi un tuo devoto
  Questo foglio sciagurato
Oros. Al qual fine ?
Cor.   Il ver fia noto
  Ch' or sarebbe a te celato .. ·.
Oros. Si, ben parli ....
Cor.   A lei per poco
  Fingi calma ....
Oros.   Fingerò.
Cor. Ella viene.
Oros.   Un gelo, un foco
  Scorre in me ... Paventi ....
Cor.   (*arrestandolo*)   Ah! no.
    a 2.
 Vieni meco; a me ti affida:
  Tempo attendi a vendicarti .. ...
  Sei deluso, se all' infida
  Campo dài di lusigarti;
  Di avverar il tuo sospetto
  Certo mezzo è il simular ....;
 Sempre cieco in ogni affetto

Il furor non puoi frenar!
Oros. No, mi lascia....no, si uccida...
    Ardo, anelo a vendicarmi.
    Non temer: non ha l' infida
    Più poter di lusigarmi.
    E' certezza il sospetto,
    Più non giova il simular
    Ah! le furie del mio petto
    Solo il sangue or può sedar (*partono*)

SCENA IX.

Al partire di OROSMANE, *esce* ZAIRA *che s' in-*
noltra verso lui. Esso le accenna frementi di
rimanere. CORASMINO *lo trae seco. Rimane*
ZAIRA *immobile e sorpresa*

Zair. Che fia? mi lascia!.·... Minacciosi sguardi
    Ei mi rivolse. Dissipati ancora
    Non sono i suoi timori! E a' piedi suoi
    Non mi vide il crudel pianger d' amore?
    Oh! se arrestar dell' ore
    Potessi il corso! Oh! se il fratello avesse
    Già varcato il Giordan! .... Senza periglio
    Svelar potrei questo fatal mistero
    Che come grave, insopportabil pondo
    Il cor mi opprime, e a lui gemendo ascondo

SCENA X.

Fatima, Zaira.

Zai. Vieni, Fatima, vieni:
    Tu non lasciarmi almen.
Fat.   Sole siam noi? (*con mistero*)
Zar. Sole ı - Che dir mi vuoi?
    Che rechi tu?
Fat.   Da sconosciuto schiavo
    Questo foglio a te viene (*Zaira legge. Fat.*
                                    prosegue)
                        Egli in remota
    Segreta parte tua risposta attende ....
    Tu tremi!   (*Zaira porge il foglio a*
                                    Fatima

Zair.   Leggi . . . . Un gelo al cor mi scende.
Fat. Oh gioja! alfin sei salva.
Zair. Salva! . . . Da chi ?
Fat.   Mel chiedi? A Nerestàno
    La via di liberarti ha forse il Cielo
    Aperta in sua pietà.
Zair.   Di liberarmi ?
    Crudel! che dici mai? . . . . Fuggir! tradire
    Un cor che in me si fida!
    Ah! più tosto morir.
Fat.   Spergiura! infida!
    Al moriente padre,
    Al fratel, che giurasti?
Zair.   I riti e l' are
    Degli avi miei seguir
Fat.   E d' Orosmane
    Fuggir l' impero, detestar l' amore,
    Come i suoi Dei mendaci . . . .
Zair. L' amore ! . . . . Ah! nol giurai . . . . .
Fat.   Che ascolto?
Zair.   Ah! taci.
        Che non tentai per vincere
            Questo fatale amore!
            Piansi; ma più per lagrime
            Crebbe la fiamma in core:
            Al Ciel mi volsi; e il Cielo
            Mi si coprì d' un velo:
            Ricorsi al mio rimorso;
            E anch' ei mi abbandonò . . . . .
            Ah! non ho più soccorso ! . . . . .
            Più che a morir non ho .
Fat.   Qual vaneggiar ! . . . . Deh! calmati .
        Ritorna in te, Zaira!
Zair.   Riprendi il foglio . . . . . ascondilo
Fat.   Padre, dal Ciel l' ispira
            (Odesi un lugubre suono: Zaira vi
                porge l' orecchio colpita. Un Coro
                canta in lontano il seguente

INNO FUNEBRE

I.

Poni il fedel tuo martire,
  Ciel, fra gli eletti tuoi.
  Gloria gli sia fra gli Angioli
  Il suo penar quaggiù

Zair.   Qual mesto suono!
Quai voci di dolor!

Fat.   Scuotiti, Un Giusto
Al Ciel s' innalza, e la salvezza implora
Di traviata figlia innanzi a Dio.
Mira.
     (Vedonsi dal fondo passare i Cavaglie-
       ri Francesi che si recano alla tomba
        di Lusignano).

Zair.   Oh vista !.....oh dolore!...oh padre mio

II.

Vegli beato spirito,
  Vegli sui figli suoi,
  Serbi così fra gli uomini
  Viva la sua virtù

Zair.   Fatima.....i figli..(Io
I figli ei chiama.. un solo..ahi lassa!.. un so-
Ne benedice...e me condanna e scaccia..
Dell' eterno suo sdegno io son punita.
Ah!   *(si abbandona fra le braccia*
                    di Fatima .)

Fat.   Zaira!
Voci di dentro   Qual grido!
Fat   Aita, aita!

SCENA XI.

Accorrono da varie parti le Schiave
    e le Guardie

Coro   Ciel! che avvenne? Svenuta Zaira!
    Al sultano, al Sultano si voll.
Fat.   Arrestate.... In sè torna ...respira,
    Tristo oggetto al suo sguardo s' involi..
    De' Francesi la pompa ferale

Il pietoso suo core colpì

 (*copronsi le finestre di fronte*

'oro E di un Franco pur tanto le cale

 Uno sciavo l' affligge così!

Zair. Ah! crudel, chiamarmi alla vita

 (*rinvenuta, si aggira sbigottita .*)

 E' serbarmi ad orrendo martire:

 De' miei padri ho la Fede tradita,

 Ho turbato d' un Giusto il morire:

 Come tuono d' intorno rimbomba

 Il lamento che al Cielo innalzò.

 Ah! pietoso mi copra la tomba

 Ah! d'affanno d'angoscia morrò

Coro. Qual favella! vaneggia, delira

Fat. (Deh mi segui ... ti perdi, o *Zaira*).

 De' Francesi la pompa

Coro Il pietoso suo core turbato

 Troppo, ahi! troppo è il terror che l' assale..

 Al Sultano celarsi non può

 (*Fatima e le Schiave traggono*).

  seco Zaira Le Guardie esco-

  no da altra parte)

S C E N A XII.

Parte remota nei Giardini dell' Harèm. In lontano ,
e traverso le piante, sorgono i Minaretti di una
Moschea.

  Orosmane, indi Corasmino.

Oros. E' notte alfin ... più dell' usato è cupa ... ,

 Cupa come il mio cor- Oh! in qual piombai

 D' orror abisso! Oh! come mai discesi

 Dalla grandezza mia! Qual malfattore

 Io mi aggiro fra l' ombre, e ad ogni fronda

 Agitata dal vento,

 La mia vittima aspetto, e il ferro io tento

  (*esce Corasmino*

Sei tu?

Cor. Son' io. Lo schiavo

 Riferì la risposta.

40

Oros.   Ed è?·...
Cor.   Zaira
     All' invito si arrende.
Oros.   Oh traditrice!
     Oh inaudita perfidia! E qual poss' io
     Supplizio immaginar che corrisponda
     Alla nequizia di quel core infido?
Cor. Signor ...
Oros.   'l' acqueta ... Un grido
     Non odi tu?
Cor.   Tutto è silenzio; e, tranne
     I celati custodi, omai nel sonno
     Tutto quanto l' Harèm giace sepolto
Oros. Veglia il delitto, e il congiurar ne ascolto.
     Ah! Corasmin !
Cor.   Tu gemi?
Oros. Il primo pianto io verso
     Pianto del cor ... Com' io l' amai, l' ingrata
     Di qual tenero amor! Era al mio sguardo
     Quanto di più leggiadro e di più santo
     Amar ponno i Celesti; e il mio primiero
     Volava a lei rapito
     Come a speranza di supremo bene . ,.
     Ed ora ? ... Oh mio dolor! ....
Cor.   Taci ... alcun viene.
          (si ritirano e si tengono celati
     S C E N A   X I I I.
     Zaira accompagnata da Fatima
          indi Nerestano e detti
Zair. Reggi i miei passi.
Oros.   (E dessa).
Cor.   (Non iscoprirti , e mira).
Zair.   Un calpestio s' appressa ...
                    (comparisce Nerestano .)
Fat.   E' Nerestan.
Ner.   Zaira!
Zair.   Parla sommesso . . : io tremo.
Ner.   Soli siam noi: fa cor.

ros.   (Odi Infida! . . . io fremo).

er.   (Soffri per poco ancor).

Ver.   Qual ti trovo?

air.   Degna
      Dell' amor tuo son' io.

Fat.   Ella ti è resa.

Oros.   (indegna!)

Ver.   Udi miei voti Iddio.

a 5

air.   ⎰ Lieto ci mira adesso;
Ver.   ⎱   O Lusignan, dal Ciel.
Fat.   ⎰
Oros. ⎱ (O notte, a quale eccesso
Cor.   Hai tu prestanto il vel!

Ner.   O mia Zaira! or seguimi
       Fuggiam da questo porte

Zair.   Ah! sì . . . partiam solleciti
       ombra ci copre

Oros (precipitandosi sopra Zaira)E morte (la fe-
                                      risce).

Zair. ⎰
Ner.   ⎰ Ah!
Fat.   ⎱

SCENA ULTIMA
*Al grido di Zaira, di Neréstano
e di Fatima escono da varie parti gli Schiavi
e le Guardie con faci.*
       Che mai festi, o barbaro!

Oros·   Punita è l' infedel.

Zair.   Fratello . . . . io moro . . .

Tutti.   Ahi misera!

Oros   Fratello a lei!

Cori.   Fratel!

Ner.   Io l'era . . . io l'era : . . uccidimi . . . .
       Offro a' tuoi colpi il petto.

Oros.   Zaira !

Cor.   Vieni: involati
       Al sanguinoso obbietto.

Oros.   Zaira!

Cor.   Al lui nascondasi.

Oros.   Mi amava! . . . e uccisa io l' ho!

(*Orosmane è immobile, inorridito e come fuori
di sè: prorompe quindi in un grido, e si aggira smanioso*).

Un grido d' orrore
D' intorno rimbomba:
Tremendo sul core
Un peso mi piomba;
Quel sangue innocente
S' innalza e fremnte,
M' incalza com' onda,
Fuggirlo non so ...
O Cielo, fa scempio
D' un mostro, d' un empio!
Il sangue che gronda
Vendetta gridò.

C or.Coro.   Deh! soffri ...

Oros.   Partita,

Cor. Coro. Deh! senti . . . .

Oros.   Fuggite.

Tutti.   O notte funesta,
Qual Dio ti guidò

Oros.   Zaira!

Coro.   Ti arresta

Oros.   Ti seguo   (*si uccide*).

Tutti   Spirò   (*cala ilSipario*)

Fine.